LOUIS CARON

AU FOND DES MERS

Illustrations de Francis Back

BORÉAL
JEUNESSE

PZ
23
C365A93
1987

ISBN 2-89052-209-1
© Les Éditions du Boréal, Montréal
Dépôt légal: 4e trimestre 1987
Bibliothèque nationale du Québec

À mon fils Benoît,
pour qu'il comprenne enfin
pourquoi il ne faut pas faire de bruit
quand je travaille dans mon bureau.

C'était une journée superbe, pas de vent, soleil ardent. Anna et Marco accompagnaient Antoine, leur vieil ami, à la cueillette des perles.

Antoine avait les cheveux tout gris, mais il avait conservé un cœur d'enfant. C'est lui qui avait tout appris à Marco et Anna: comment réparer une barque; comment cuire le poisson sur un feu, sur la plage; et surtout, il les emmenait chaque jour au large, à la cueillette des perles. Et ça, c'était une chance extraordinaire.

Les perles, ça se trouve dans les huîtres. D'habitude, les huîtres s'accrochent aux rochers, au fond de la mer. Quand un grain de sable s'introduit dans leur coquille, les huîtres l'entourent avec une substance lisse et brillante. C'est ainsi que les huîtres fabriquent des perles.

Les plongeurs doivent retenir leur souffle et battre des jambes le plus vite possible. Arrivés au fond, ils ramassent les huîtres et les mettent dans un sac attaché à leur taille. Puis, ils remontent.

On ouvre alors chacune des huîtres. Il n'y a pas toujours une perle à l'intérieur. Il faut être chanceux. Quand on a ramassé assez de perles, on va les vendre au marchand. C'est un peu comme aller vendre des canettes et des bouteilles vides à l'épicerie, sauf que ça peut rapporter davantage.

Dans le pays où se passe cette histoire, les jours où ils n'allaient pas à l'école, les enfants plongeaient du haut des rochers, pour aller chercher des perles au fond des mers. Tout le monde faisait comme ça, sauf Antoine et ses deux amis, Anna et Marco.

Antoine, lui, menait sa barque loin au large, à un endroit où la mer était profonde. Pas question de plonger là! Antoine aurait manqué d'air avant d'avoir eu le temps de remonter. C'est

pourquoi il avait économisé de l'argent pendant plusieurs années pour se procurer un costume d'homme-grenouille.

Il avait même eu assez d'argent pour offrir à ses jeunes amis un costume d'enfant-grenouille. Près de la rive, là où l'eau n'est pas très profonde, il avait appris à Anna et à Marco comment s'en servir.

Mais, quand il allait au large, Antoine plongeait seul. Anna et Marco auraient bien voulu l'accompagner. Antoine refusait toujours. Il ne voulait pas le dire aux enfants, mais c'était très dangereux de plonger là. Un brouillard mystérieux s'élevait parfois à cet endroit. Les gens du village, les pêcheurs surtout, parlaient de malédiction.

Marco et Anna restaient donc seuls dans la barque, tandis qu'Antoine plongeait. Toute la journée, les enfants s'ennuyaient. Pour passer le temps, ils se racontaient des histoires, en regardant au loin sur la mer.

Marco s'amusait à faire peur à sa sœur, inventant des récits fantastiques

où des monstres dévoraient tout ce qu'ils rencontraient. Anna avait deux ans de moins que son frère, mais elle savait se défendre et elle répliquait par des récits étranges.

Elle affirmait qu'elle voyait des gens au loin, des hommes et des femmes qui marchaient sur la mer, et qui lui faisaient signe de venir les rejoindre. Elle se disait attirée par ces créatures.

— Retiens-moi, criait-elle à Marco, sinon je vais me jeter par-dessus bord pour les rejoindre.

Marco ne savait jamais s'il devait la croire.

— C'est des histoires inventées dans ta tête!

— Tu ne les vois pas? Tiens, là, il y en a deux! On dirait des poissons, avec des têtes d'homme et de femme. Tu ne les entends pas? Ils nous appellent.

D'habitude, Antoine remontait après une heure de plongée, son sac rempli d'huîtres. Mais ce jour-là, les enfants étaient tellement occupés à se faire peur, l'un à l'autre, qu'ils ne virent pas le temps passer. Anna s'inquiéta la première.

— Tu ne trouves pas qu'Antoine devrait être remonté depuis longtemps?

C'est alors que Marco remarqua le brouillard au loin. On aurait dit un mur gris les séparant du village.

— Il serait temps de rentrer, déclara Marco.

— Je te le dis moi, répondit Anna, ce n'est pas normal! Je commence à me demander s'il n'est pas arrivé quelque chose.

— Arrête donc d'inventer des histoires! répliqua Marco. Ce n'est plus le
temps de jouer!

Le garçon observait l'épais mur de
brouillard qui avançait vers la barque.
Jamais il n'avait vu ça. Marco commençait à avoir peur, mais il ne voulait pas
l'admettre. Il reprochait à sa sœur de lui
avoir mis toutes sortes d'idées folles
dans la tête.

— Je pense que je vais aller voir ce
qui se passe en bas, dit-il.

— Tu n'es pas sérieux, répondit Anna. Antoine ne veut pas que tu plonges en eau profonde.

— Il ne doit plus rester beaucoup d'air dans sa bonbonne.

Le brouillard épaississait toujours. On aurait dit que la nuit s'apprêtait à bondir sur la barque, avec ses grandes ailes de chauve-souris.

— Tu as raison, admit Anna. Il faut faire quelque chose.

Elle aida donc son frère à enfiler son costume d'enfant-grenouille. Ils faisaient aussi vite qu'ils pouvaient. Leurs mains tremblaient.

— Prends cette corde, recommanda Anna. Attache-la à ta taille. S'il t'arrive quelque chose, donne trois coups secs.

Marco regarda une dernière fois autour de lui. Le brouillard léchait maintenant les flancs de la barque.

— Ne t'inquiète pas, dit-il à sa sœur. Je vais chercher Antoine et je remonte tout de suite avec lui.

Puis, il disparut sous l'eau.

nna resta seule. Pour se donner du courage, elle fredonnait une chanson de son pays.

Petit,
Si la mer te sourit,
Tu peux dormir.

Petit,
Si la mer grossit,
Tu dois partir.

Petit,
Si, de brume, la mer se lie,
Tu dois vite t'enfuir.

Anna sursauta. Les paroles de la chanson lui parlaient à elle-même, comme pour lui donner un conseil. Les ombres de la nuit enserraient déjà la barque. L'air fraîchissait.

Cinq minutes, dix minutes, quinze minutes, toujours rien! Marco ne revenait pas. Il ne donnait aucun signal. N'y tenant plus, Anna décida de remonter son frère sans plus attendre. Elle ferma les yeux et tira si fort sur la corde qu'elle tomba à la renverse au fond de la barque. Elle n'avait senti aucune résistance.

Affolée, elle se mit à tirer, tirer. Elle avait bien deviné: il n'y avait personne au bout de la corde!

Jamais Anna ne s'était trouvée dans une situation aussi désespérée. Elle ne pouvait compter que sur elle-même. Que faire? Plonger à son tour? Non! Anna pressentait un danger mystérieux sous ces eaux.

Aussi, elle fit ce que la plupart d'entre vous auraient fait. Elle jeta une petite bouée sur la mer, pour marquer

l'endroit où Antoine et son frère étaient disparus puis, traversant la couronne de brouillard qui encerclait la barque, elle rama jusqu'au rivage pour demander de l'aide.

Ce n'était pas un gros village. Pas un village comme par ici, en tout cas. Les maisons étaient de terre et les toits recouverts de paille. Un village comme on en voit, parfois, sur les illustrations des livres d'enfants.

Tout le monde se connaissait dans ce village. C'était comme une grande famille. Aussi, quand ils virent Anna revenir seule, les habitants coururent à sa rencontre.

— Antoine et Marco sont disparus! cria-t-elle.

Puis, elle fondit en larmes dans les bras de Joseph, le plus vieux pêcheur du village.

— Calme-toi, Anna, et dis-nous ce qui est arrivé, lui demanda doucement Joseph.

Et Anna de raconter la disparition d'Antoine et de son frère, ainsi que la montée de cet épais brouillard enveloppant la barque.

— Du brouillard, tu dis? s'exclama une vieille femme. Comment était-il, ce brouillard?

— Comme une couronne autour de la barque, expliqua Anna. Il n'y en avait qu'autour de la barque.

— La dernière fois que ce phénomène s'est produit, réfléchit tout haut la vieille femme, c'était au temps de ma grand-mère. Les hommes qui étaient partis en mer ne sont jamais revenus.

— On ne les a jamais revus, ajouta le vieux Joseph, pensif.

Anna ne tenait plus en place.

— Il faut aller les secourir!

Mais tous les pêcheurs hochaient la tête. La nuit allait tomber. Il ne serait pas prudent de prendre le large. Il fut convenu d'attendre le jour pour aller repêcher les corps d'Antoine et de Marco, car il ne faisait de doute pour personne, sauf pour Anna, qu'ils s'étaient noyés.

Inutile de dire qu'Anna ne put dormir cette nuit-là. Elle était rongée de remords et se demandait si elle n'aurait pas dû rester sur place, pour veiller sur les disparus. Elle se tournait d'un côté, se tournait de l'autre, sur son petit lit de paille, en essayant de se convaincre qu'elle avait fait ce qu'il y avait de mieux à faire. Elle venait à peine de s'endormir quand le rose du matin déchira la nuit à l'horizon.

Elle courut sur la plage. Déjà, les pêcheurs y discutaient de la marche à

suivre. Là-bas, au large, la couronne de brouillard marquait encore l'endroit où Antoine et Marco étaient disparus. Certains disaient qu'il ne fallait pas s'y aventurer.

Pourtant, on ne pouvait pas laisser Anna comme ça, avec sa peine et son angoisse. Il fallait au moins essayer de faire quelque chose. On se consulta.

Les quatre meilleurs pêcheurs furent désignés pour aller tirer au clair cette affaire mystérieuse. Joseph, le pêcheur qui en avait vu d'autres, et la vieille femme qui se souvenait des histoires du temps de sa grand-mère, décidèrent de les accompagner.

Bientôt, un petit cortège de barques s'éloigna, Anna debout à l'avant de la première. Ceux qui étaient restés sur la plage virent les barques s'enfoncer une à une dans le banc de brouillard.

Parvenus à l'endroit où flottait la petite bouée qu'Anna avait jetée la veille, les pêcheurs recommencèrent à discuter. On dut tirer au sort. Deux hommes s'équipèrent pour plonger. Ils disparurent enfin sous le regard inquiet d'Anna et des autres.

L'attente ne fut pas longue. Au bout de cinq minutes tout au plus, les deux hommes remontèrent en même temps. Ils ruisselaient d'eau, en enlevant leur masque de plongée. Leurs grands yeux fixaient Anna sans rien dire. Ils semblaient avoir perdu l'usage de la parole. Anna les pressait de questions.

— Alors, qu'est-ce que vous avez vu ?

Le premier homme parvint à balbutier quelques mots.

— Une caverne !

— C'est ça, renchérit le second, il y a une caverne.

— Et qu'est-ce qu'il y a dans cette caverne ? demanda Anna.

— Nous ne le savons pas, répondirent les deux hommes d'une même voix.

— Mais quoi, vous n'êtes pas allés voir ? insista Anna.

— Un requin, reprirent les deux

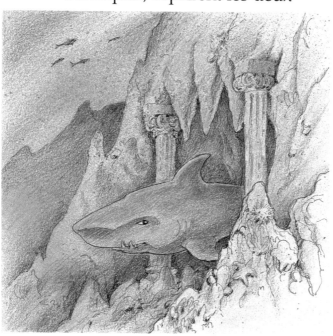

hommes, il y a un requin qui en garde l'entrée.

Un requin! Il y eut un moment de silence. Chacun semblait perdu dans ses pensées. Personne n'osait dire tout haut ce qu'il pensait tout bas. Personne, sauf la vieille femme.

— Ma pauvre enfant, tu ne reverras jamais ni ce fou d'Antoine ni ton frère.

Le vieux Joseph s'approcha de l'enfant et la pressa tendrement contre lui. Anna se dégagea de l'étreinte.

— Non, je suis sûre qu'ils n'ont pas été dévorés! Le requin les retient prisonniers! On ne peut pas les abandonner comme ça! Il faut trouver un moyen de les sortir de là!

Les pêcheurs trouvaient qu'Antoine savait toujours se mettre dans des situations embarrassantes. Ils n'approuvaient pas son idée d'aller plonger au large pour recueillir des perles plus grosses que les autres. Ils lui reprochaient aussi d'entraîner les enfants dans ses excursions dangereuses. Mais les pêcheurs ont, entre eux, une règle sacrée : on se porte toujours au secours de quelqu'un qui est en danger. C'est pourquoi ils se ressaisirent.

— C'est vrai, dit le vieux Joseph, il faut faire quelque chose !

Soudain, ils parlaient tous en même temps. Chacun avait un plan à proposer.

— On pourrait descendre avec des fusils sous-marins pour tuer le requin.

— L'attraper dans un filet.

— Attirons-le hors de la caverne en lui jetant du poisson frais.

— Moi, je sais ce qu'il faut faire ! déclara Anna.

Debout à l'avant de la barque, l'enfant exposa son plan aux pêcheurs étonnés.

I l y avait au village un vieux savant dont tout le monde se moquait un peu, sauf Antoine et ses deux amis, qui l'aimaient bien. Le professeur Aquarius faisait des recherches, qu'on disait inutiles, sur la vie des poissons. Il avait mis au point une pieuvre mécanique. Une étrange boîte noire en constituait le cerveau. Cette boîte permettait au professeur de communiquer, par l'intermédiaire de la pieuvre, avec toutes les espèces de poissons, et dans leur langue. C'était une invention amusante, ingénieuse même, mais les gens du village doutaient de son utilité.

— À quoi ça peut bien servir de parler aux poissons? Tout ce qu'on veut, nous, c'est les attraper et les manger!

Jusque-là, on n'avait pas bien compris à quoi pouvait servir pareille invention, mais la suggestion d'Anna ouvrit les yeux de tout le monde. Il fut décidé, sur-le-champ, d'aller demander au professeur Aquarius de venir au plus tôt avec sa pieuvre mécanique.

Le vieux savant savait bien qu'on se moquait de lui dans son dos, au village, mais il aurait donné sa vie pour ses trois amis, Antoine et les enfants. Il cligna des yeux, derrière ses petites lunettes rondes, en se disant que le temps était peut-être venu de prouver à tout le monde que son invention n'était pas inutile. Les pêcheurs voulaient tout de suite emporter la pieuvre. Le professeur Aquarius leur fit comprendre qu'il fallait d'abord la programmer.

— Un requin, vous avez dit? Ce ne sera pas facile. D'habitude, les pieuvres et les requins ne se parlent pas.

Et il se mit à farfouiller dans la boîte noire, d'où dépassaient des fils de toutes les couleurs. Le temps passait. Les pêcheurs s'impatientaient. Anna ne quittait pas le professeur Aquarius des yeux. Elle se demandait si elle avait eu une bonne idée. Chaque seconde lui pinçait le cœur. Soudain, le vieil homme s'écria:

— Je crois que ça y est.

Le vieux Joseph s'empara de la pieuvre mécanique, et il se mit à courir vers la plage.

— Minute, minute, protesta le professeur Aquarius, vous allez bien trop vite pour moi.

Il trottinait derrière tout le monde, en direction des barques.

Jamais les pêcheurs n'auraient imaginé que le professeur Aquarius daignerait monter dans leur barque. Ils se sentaient soudain gênés de s'être moqué de lui, dans le passé.

— Nous ne savons pas comment
vous remercier, répétaient-ils.

Le professeur Aquarius sourit derrière ses lunettes rondes.

— Vous me l'avez demandé si genti-
ment !

De retour sur les lieux du drame,
on s'empressa de descendre la pieuvre
mécanique sous l'eau. Le professeur
Aquarius la téléguidait, à l'aide d'un ins-
trument de commande.

La pieuvre mécanique était munie
de deux caméras. Le professeur pouvait
ainsi capter des images sur un petit
écran installé devant lui. Il entendait également tous les sons, comme s'il y était.

Le professeur dirigea la pieuvre
mécanique droit sur l'entrée de la
caverne. Apercevant l'intruse, le requin
se précipita sur elle, gueule ouverte,
pour la croquer, mais la pieuvre dressa
tous ses tentacules. En haut, dans la
barque, le professeur parlait dans un

microphone. En bas, le requin n'en revenait pas : c'était la première fois qu'il se
faisait réprimander par une pieuvre, et
dans son propre langage encore !

— Essaie donc de réfléchir un instant, toi, avant d'avaler tout ce qui
bouge. Sais-tu au moins ce que je suis
venue faire ici ?

Le requin n'avait pas l'habitude de
se faire parler de la sorte. Il grinça des
dents avant de répondre :

— Alors, qu'est-ce que tu veux ?

La pieuvre expliqua :

— Il y a là-haut, dans une barque,
une petite fille qui s'inquiète de son ami
Antoine et de son frère. Nous pensons
que tu les retiens prisonniers.

— C'est exact, grogna le requin.

— Ne peux-tu les laisser partir ?

— Pas question.

— Mais qu'est-ce qu'ils t'ont fait ?

— À moi, rien, mais j'obéis aux
ordres.

— Quels ordres ?

— Les ordres du roi.

— Et qu'est-ce qu'il dit, le roi?

— De ne laisser entrer personne.

Là-haut, dans la barque, le professeur Aquarius actionnait ses boutons et
ses manettes, tout en parlant d'une voix
ferme dans le microphone qui transmet-
tait ses paroles à la gueule de la pieuvre.
De son côté, Anna l'encourageait, accro-
chée à son bras.

Le professeur Aquarius fit un clin d'œil
à l'enfant et il actionna une fois de plus

ses manettes et ses boutons. En bas, la pieuvre insistait devant le requin.

— Et si j'allais lui parler moi, au roi ?

Le requin faillit s'étouffer de rire.

— Je doute fort qu'il accepte de rendre leur liberté à vos amis. En tout cas, une chose est certaine : vous, il ne vous écoutera pas.

La pieuvre s'offusquait.

— Pourquoi donc ?

— Il a horreur des pieuvres.

Le requin faisait des bulles en réfléchissant très fort. Il ajouta :

— À moins que la petite fille ne vienne lui parler elle-même ? Le roi se laissera peut-être toucher…

La pieuvre se grattait l'antenne.

— C'est beaucoup trop dangereux !

Le requin hochait la tête.

— Dans ce cas, elle ne reverra jamais son ami et son frère.

Dans la barque, Anna et le professeur Aquarius échangèrent un regard complice, et le vieux savant actionna ses boutons. En bas, la pieuvre salua le requin en agitant ses tentacules.

— Je vais aller voir ce qu'elle en pense.

Et la pieuvre se propulsa vers la surface en repliant ses tentacules le long de son corps.

Une vive discussion s'était engagée dans la barque où se tenait Anna. La vieille femme, Joseph, et quelques autres, soutenaient que l'enfant ne devait pas descendre.

— C'est déjà assez, deux de perdus, sans risquer la vie d'une troisième! déclara la vieille femme.

Mais Anna insistait:

— Je n'ai pas le droit de rester ici, comme ça, à ne rien faire. Il faut que je tente de les secourir.

Le professeur Aquarius trancha la question.

— Anna a raison.

Joseph s'indigna:

— On voit bien que ce n'est pas vous qui allez risquer votre vie!

Mais le professeur Aquarius ne l'écoutait pas. Il continua:

— D'ailleurs, j'ai peut-être une idée.

Il se mit à fouiller dans un petit sac de cuir noir, semblable à celui que transportent les médecins quand ils visitent leurs malades. Il en sortit deux colliers de perles. La vieille femme était sur le point de se fâcher.

— Vous pensez peut-être qu'avec ces colliers le roi va trouver Anna tellement belle qu'il rendra leur liberté à Antoine et à Marco ?

— Pas du tout, répondit le vieux savant, pas du tout !

Et il se tourna vers Anna.

— Ces colliers sont notre dernière chance. Si tu trouves le moyen de les passer au cou d'Antoine et de ton frère, moi je me charge de les délivrer. Une seule chose : tu dois être remontée dans la barque cinq minutes après leur avoir mis ces colliers, sinon, ce pourrait être très dangereux pour toi.

Tous les regards étaient fixés sur Anna. L'enfant n'hésita pas un instant.

— Aidez-moi à revêtir un costume d'enfant-grenouille, dit-elle.

Anna serrait très fort le tentacule de la pieuvre mécanique dans sa main, en franchissant l'entrée de la caverne, sous le regard méfiant du requin.

À l'intérieur, flottait un brouillard semblable à celui qu'elle avait aperçu, la veille, à la surface de la mer. Ce brouillard formait une couronne, tout autour de la caverne. Plus elle avançait, plus Anna était saisie d'étonnement.

C'était un monde fantastique. Tout un palais, un grand palais, de coquillages et de verre, se dressait à l'intérieur de la caverne, avec des tours, des ponts-levis, des tunnels et des passages, comme dans les châteaux des temps anciens. Un monde de verre, de coquillages et de lumière.

Un roulement se fit entendre. Anna se retourna en sursaut et ce qu'elle vit la figea sur place. De derrière une colonne en forme de flûte, surgit un être monstrueux, recouvert d'écailles, pédalant sur une bicyclette surmontée d'un dôme de

verre. Cet être étrange s'arrêta près d'elle et lui fit signe de le suivre.

Des portes et des couloirs succédaient à des portes et à des couloirs. Aux murs, plutôt que des tableaux, il y avait des yeux de poissons, grands comme des assiettes, qui s'ouvraient et se fermaient sur leur passage. Des escaliers en colimaçon s'enfonçaient dans des profondeurs transparentes.

Le monstre à bicyclette mit nageoire à terre, sortit de sous sa coupole, ouvrit une porte capitonnée d'oursins piquants, et s'inclina pour laisser passer Anna et sa pieuvre mécanique. Anna pénétra, tremblante, dans la grande salle du château.

Au fond de la pièce, sur un trône liquide, se tenait le roi de ce royaume. Il était mi-homme, mi-poisson. Il fumait une pipe d'écume de mer, une couronne de coquillages sur la tête. Anna se demanda si le brouillard aperçu la veille, et en entrant dans la caverne, n'était pas la fumée de la pipe de ce roi gigantesque.

Rassemblant son courage, Anna se précipita aux pieds du roi, tandis que la pieuvre mécanique se tenait à distance respectable.

— Je vous en prie, supplia Anna, rendez-moi mon ami Antoine et mon frère.

— Et pourquoi devrais-je t'écouter ? répondit le roi. Ils ont violé notre territoire, je les garde !

Comme tous les poissons, le roi n'émettait aucun son. Chaque fois qu'il ouvrait la bouche pour parler, une enfilade de bulles s'en échappait. À son grand étonnement, Anna constata qu'en observant bien ces bulles elle pouvait percevoir la pensée du cerveau flottant du roi.

Anna se permit d'insister.

— Je vous en prie, permettez-moi au moins de les voir.

— Inutile.

— Combien de temps comptez-vous les garder ici ?

Le roi fronça ses sourcils d'écailles.

— Je ne vois pas ce qu'ils feraient là-haut, désormais.

— Quoi ? Vous voulez dire qu'ils resteront ici le reste de leur vie ?

— Exactement.

Anna avait tellement envie de revoir Antoine et son frère qu'elle surmonta son dégoût pour prendre la nageoire gluante du roi entre ses mains.

— Alors, supplia-t-elle, si je ne dois

plus les revoir sur terre, permettez-moi
au moins de leur dire adieu.

Le roi ricana en agitant ses babines
froides.

— Vas-y donc, si ça t'amuse !

Sur quoi, il ordonna à son fidèle
messager à bicyclette de conduire Anna
et la pieuvre mécanique au laboratoire.

uelle tristesse ! Tout juste si Anna reconnut Antoine et Marco ! On s'affairait à les transformer en hommes-poissons.

Antoine et Marco étaient allongés sur des lits de corail. Des tubes de verre leur sortaient des oreilles, des spaghettis de fils leur entraient dans le nez et la bouche, le tout relié à des instruments transparents, à l'intérieur desquels on voyait tourner des engrenages de cristal.

Déjà, le corps d'Antoine et de Marco commençait à se couvrir d'écailles. Leur transformation était tellement avancée qu'ils ne reconnurent même pas Anna.

L'enfant détourna la tête pour verser discrètement une larme, mais elle se ressaisit vite. Elle ne devait pas perdre de vue son plan. Elle s'adressa au messager roulant.

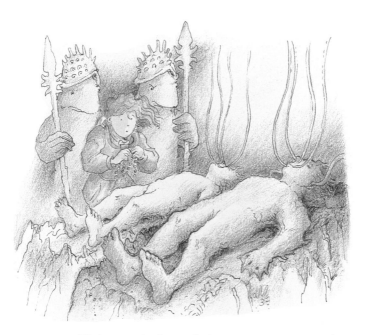

— J'aimerais leur laisser un souvenir avant de partir.

— Pour quoi faire? répondit le cycliste à bulle. Ils ne s'en apercevront même pas!

Mais Anna insista tant et si bien qu'à la fin, on l'autorisa à passer un collier de perles au cou d'Antoine et un autre à son frère.

— M'accorderiez-vous une dernière

faveur? demanda-t-elle au cycliste à nageoires. J'aimerais que la pieuvre reste auprès d'eux jusqu'à la fin.

L'autre haussa ses épaules visqueuses. Aucune objection. Mécanique ou pas, la pieuvre était un animal marin, après tout.

Se rappelant la mise en garde du professeur, Anna ne perdit pas de temps. En dix coups de pattes de grenouille, elle sortit de la caverne. Le requin la regarda remonter vers la surface en imaginant combien il lui aurait été agréable de l'avaler en deux bouchées. Mais cela lui était interdit.

En haut, dans les barques, les pêcheurs, la vieille femme et le professeur Aquarius n'avaient rien manqué de la scène, car ils n'avaient pas quitté des yeux le minuscule écran. Le professeur Aquarius redressait les épaules. Son heure de gloire était venue. Tandis qu'Anna faisait surface, et que deux hommes l'aidaient à enjamber le bordé de la barque, le professeur pressa fermement le bouton rouge de son tableau de contrôle.

En bas, les colliers de perles émirent un son strident qui emplit toute la caverne, paralysant ses occupants. Le roi avait la bouche ouverte, une volute de fumée de pipe figée devant ses lèvres épaisses. Le cycliste à écailles restait immobile sur deux roues, sans tomber, tandis que le requin, à l'entrée de la caverne, semblait de pierre.

Le professeur Aquarius actionna encore les manettes de son panneau de contrôle. La pieuvre mécanique s'empara alors d'Antoine et de Marco, les mit sur ses tentacules et les remonta vers la surface. Les occupants des barques se penchèrent sur leurs corps méconnaissables pour les hisser à bord. Encore incapables de comprendre ce qui s'était passé, mais heureux de ce dénouement, les pêcheurs ramèrent de toutes leurs forces vers le rivage.

I l fallut toute la science du professeur Aquarius pour redonner forme humaine à Antoine et à Marco. L'opération dura plusieurs semaines. Marco et Antoine s'éveillèrent lentement. Leurs écailles tombèrent une à une. Enfin, ils reconnurent Anna.

Antoine jura qu'il ne plongerait plus jamais. Même pour recueillir des perles grosses comme le poing!

Marco lui, ne voulait pas en rester là! Il errait dans le village, hanté par des questions auxquelles il ne trouvait pas de réponses. Il ne se contentait pas d'être en vie. Il voulait savoir pourquoi.

Un an passa. Çe serait bientôt l'anniversaire de leur aventure. Avec la complicité de sa sœur, il décida de retourner sur les lieux du drame.

Ils se gardèrent bien de faire part de leur projet à Antoine. D'ailleurs, depuis quelque temps, ils prenaient toutes leurs

décisions seuls, sans consulter leur ami. Ils avaient grandi.

Au petit matin, alors que les pêcheurs du village dormaient encore, le frère et la sœur ramèrent jusqu'à l'endroit fatidique. Il ne leur fut pas difficile de retrouver les lieux. Chaque détail, chaque ondulation de la mer, chaque reflet du soleil était resté gravé à jamais dans leur mémoire.

Déterminé à plonger pour revoir l'entrée de la caverne, Marco attacha cette fois un filin d'acier à son costume d'enfant-grenouille, et il s'enfonça sous l'eau.

Seule encore une fois, Anna revivait le cauchemar de l'année précédente. Elle croyait voir se lever le brouillard annonciateur de catastrophes. Heureusement, Marco ne resta pas bien longtemps sous l'eau.

— Tu ne me croiras jamais, commença-t-il.

Anna le supplia de lui raconter vite ce qu'il avait vu. Il lui semblait que le brouillard approchait de la barque.

— Plus rien ! Ni caverne, ni requin-
gardien ! Du sable ! Que du sable ! Ils
sont partis...

— Ça alors ! C'est vraiment incroyable !
— Mais j'ai trouvé quelque chose !
Le brouillard enserrait maintenant la
barque, mais Marco avait l'air de ne se
rendre compte de rien. Il fouillait dans
son sac de plongée. Il en tira deux
colliers de perles.

— Je les ai trouvés sur le sable.
Anna s'affola.

— Jette immédiatement ces colliers,
ordonna-t-elle gravement. Tu ne vois
donc pas que le brouillard s'est levé ?

— Mais ce sont des colliers de perles !
— Ce sont les colliers du professeur !
Jette-les avant qu'il nous arrive encore
malheur.

Marco lança les colliers. Dès que les
perles touchèrent le fond, le brouillard se
dissipa. Anna et Marco pouvaient aper-
cevoir au loin les toits des maisons du
village...

L'AUTEUR

Louis Caron est né à Sorel en 1942. Il exerce divers métiers tout en écrivant des poèmes et des romans... qu'il ne réussit pas d'abord à faire publier. À 31 ans, il fait enfin paraître ses meilleurs poèmes et quelques contes. Trois ans plus tard, il décide de se consacrer entièrement à l'écriture et son premier roman, *L'emmitouflé*, est couronné par les prix Hermès et France-Canada. Ses autres romans connaissent tous des grands succès de librairie. Louis Caron écrit également pour la radio et pour la télévision. Il est, entre autres, co-scénariste des treize premières émissions de la série *Lance et Compte*.

L'ILLUSTRATEUR

Francis Back est un passionné d'histoire. Ce sont les costumes et les objets familiers, qui retiennent surtout son attention. Il a notamment illustré *Tuyau de castor et tuque de laine*, un album à découper sur les costumes québécois du début du siècle. En plus d'illustrer des ouvrages pédagogiques, il travaille dans le cinéma et fait du dessin animé.

X0080958 5

Achevé d'imprimer en novembre 1987,
par les travailleurs des Éditions Marquis,
à Montmagny, Québec.